ALTIN
KİTAPLAR

Yayın Hakları

© MELEK GÜNGÖR
ALTIN KİTAPLAR YAYINEVİ
VE TİCARET AŞ

Yayına Hazırlayan

HÜLYA ŞAT

Resimleyen

REHA BARIŞ
CANAN BARIŞ

Kapak

REHA BARIŞ

Düzelti

ŞENAY SEBA

Baskı

1. BASIM / EKİM 2008
2. BASIM / MAYIS 2010
AKDENİZ YAYINCILIK TİC. AŞ
Göztepe Mah. Kazım Karabekir Cad.
Nu.: 32 Mahmutbey - Bağcılar / İstanbul

ISBN 978 - 975 - 21 - 1016 - 8

ALTIN KİTAPLAR YAYINEVİ
Göztepe Mah. Kazım Karabekir Cad.
Nu.: 32 Mahmutbey - Bağcılar / İstanbul

Tel: 0.212.446 38 86 pbx
Faks: 0.212.446 38 90

http://www.altinkitaplar.com.tr
info@altinkitaplar.com.tr

ALTIN KİTAPLAR

BOLYANAK LOPO

Bizim Lopo Âşık

MELEK GÜNGÖR

ALTIN KİTAPLAR

Yazarın Yayınevimizden Çıkan Diğer Kitapları

EYVAH! AĞABEYİM KOPYALANDI
FLÜTE SAKLI MÜZİK

Bolyanak Lopo Dizisi

SINIF GEÇME HEDİYESİ BİR KÖPEK
YARAMAZ KÖPEK
AŞI GÜNLERİ
REKLAM YILDIZI LOPO
BİZİM LOPO ÂŞIK

BİZİM LOPO ÂŞIK

Köpeğim Lopo'ya aşı yapıldığı gün başımızdan geçen olaylar yüzünden çok kızmıştım. Bu kızgınlığım biraz abartıya kaçtığı için Lopo bana küstü. O gün, aşı olmamak için o kadar saçma şeyler yapmıştı ki sonunda kendimizi su dolu bir havuzun içinde bulmuştuk. Tüm bu olup bitenler mahalle sakinleri tarafından anneme ballandırıla ballandırıla anlatıldı. Hele ikimizin birden havuza düşmesi herkese çok komik gelmişti. Günlerce kimsenin ağzından düşmedi.

Olayı başkalarından duyan annem, etrafa verdiğimiz zararı da ödemek zorunda kaldı. Tabii ardından olmadık şeyler söyleyerek beni suçlamakta gecikmedi. Güya ben sorumluluğunun farkında olmayan bir çocukmuşum. Bana bir hayvan emanet etmenin tehlikeli bir şey olduğunu anlamış. Akşam bana bir ceza vermek için babamla oturup konuşacakmış...

Ah Lopo ah!.. Başıma açtığın şu işlere bir baksan bana küsmek yerine elimi yalar, yine dost olduğumuzu gösterirdin. Gerçi bu, bana göre tek taraflı bir dostluktu. Yani o beni kendisinin dostu sanıyordu. Ama o benim için hâlâ kumaş yığını bir bol yanaktı. Gene de işittiğim onca azara rağmen bana uzak durmasını bir türlü kabul edemiyordum. Bu işte benim kadar o da suçluydu.

* * *

Akşam annemle babam bana verilecek cezaya karar vermişlerdi. Köpeği veterinere götürürken sorumsuzca davranıp hem onu hem kendimi tehlikeye atmıştım. Bu yüzden harçlığımda kesinti yapacaklarını söylediler. Ayrıca çok sevdiğim bilgisayar oyunlarını da bir hafta oynamama cezası aldım. Annemle babam bunun Lopo'ya da ceza vermek olduğunu bilmiyorlar galiba. Harçlığımın kesilmesi, ona satın aldığım köpek oyuncaklarının ve kemiğin alınamaması demekti. Üstelik inanmayacaksınız ama Lopo, bilgisayarda oynadığım oyunları izlemeye bayılıyordu. Bir hafta boyunca oyun oynayamamam sanırım en çok onu üzecekti.

Gece odamda oturup aldığım cezaları düşünürken Lopo içeri girdi. Baygın gözlerini bir süre bana diktikten sonra yanıma gelip elimi yalamaya başladı. Birden içim neşeyle doldu, Lopo bana küsmemişti demek. Bir köpeğin duygularının bu kadar önemli olduğunu daha önce hiç bilemezdim. Birden kendimi onun başını okşarken buldum. İçimden bir ses bana "fazla yüz verme" deyip duruyordu, ama kimin umurunda.

Ben bu köpeği galiba çok önemsiyordum, ama hâlâ çok sevdiğim söylenemez.

Böylece onunla eski günlerimize döndük. Artık o yine benim kat kat kumaş yığını yaramaz ve şapşal köpeğim olmuştu. Bu arada yirmi bir gün sonraki aşı günlerini hatırladıkça içimden eyvah deyip duruyordum. Bakalım o gün gelince neler olacak?.. Babamla konuşup yardım istemekten başka çarem yok galiba.

Aradan birkaç gün geçti. Bilgisayar cezamın kalkmasını beklerken yapacağımız en iyi şey Lopo'yla birlikte gezintiye çıkmaktı. Lopo'ya da gün doğmuştu. Hele bisiklete bindiği saatlerde neşesi iyice yerine geliyordu. İşte böyle günlerden birinde, Doktor Samim amcanın evinin önünden geçiyorduk.

Tam bu sırada bahçe kapısından çıkan, benim yaşlarımda, hiç tanımadığım bir kızla karşılaştım. Çok şık bir kıyafet giymişti. Sanki eski zaman filmlerindeki zengin kızlara benziyordu. Sadece elinde eldivenleri yoktu. Yanında da çok süslü bir kaniş köpek vardı. Köpek, yine filmlerde görüldüğü gibi, başı ve patilerinin üst kısmı dışında tıraş edilmişti. Sanki kıvırcık saçlı bir insana benzetilmişti. Başında da kızın elbisesiyle aynı renkte bir kurdele vardı. Kız, köpeğine hayretle baktığımı gördü. Bisikletimin selesine kurulmuş keyif süren Lopo'nun kırış buruş derisi de onun dikkatini çekmişti.

"Neden köpeğime hayretle bakıyorsun? O çok asil bir köpektir." dedi bana burun kıvırarak.

"Sanırım onu berbere de götürüyorsunuz." dedim ben de.

"Götürmez miyiz, berber onu yıkarken en pahalı şampuanları kullanır. Sen asıl kendi köpeğine bak. Şu sarkık derileri ve uyuşuk gözleri ile ne kadar çirkin hiç düşündün mü? Sanırım siz onu sokakta buldunuz." diye cevap verdi.

Lopo, insanların kendi hakkında iyi veya kötü konuştuğunu hemen anlayan bir köpekti. O an bu sözlere karşılık ne yapacağını bilemiyordum. Neyse ki korktuğum olmadı, sakin sakin oturmaya devam etti.

"Benim köpeğimin nesi varmış? O belki de senin köpeğinden daha asildir. Babam onun dedelerinin, kralların sarayında yetiştiğini söylüyor." dedim.

"Güleyim bari, al şu şapşal köpeğini de önümüzden çekil. Köpeğimi rahatsız ediyorsunuz!" dedi kız. Sonra da burnu havada, kanişinin ipini çekerek yürümeye başladı. Kaniş de galiba konunun kendisiyle ilgili olduğunu anlamıştı. O da burnu ve kuyruğu havada, önümüzden yürüyüp gittiler.

Nasıl olduysa Lopo, hâlâ uslu uslu bisiklette oturuyordu. Bu benim biraz garibime gitti ama fazla üzerinde durmadım.

Akşam yemekte annem, küçük kızın doktor amcanın çok yakın bir arkadaşının torunu olduğunu söyledi. Aile çok zenginmiş. Sürekli seyahat edip dururlarmış. Kızı da, yine seyahate çıktıkları için doktor amcaya bırakmışlar. Çünkü tüm aile şu sıralar Kuzey Kutbu'nda imiş. Çocuğu bırakacakları akrabaları da onlarla beraber seyahatteymiş.

Bizim Lopo'dan pek hoşlanmayan doktor amcanın o kibirli kanişle ne yaptığını merak ediyorum doğrusu.

"Baba, bizim Lopo gerçekten senin söylediğin kadar asil bir köpek mi?" diye sordum birden.

"Anlaşılan küçük kızla tanışmışsın, yoksa böyle bir şeyi merak edeceğini sanmazdım." dedi annem. Babam da, "Bunu sorduğun iyi oldu. Lopo hakkında bir şeyler öğrenmek istiyorsan kolayı var. Bunun için internete girmen yeterli." dedi.

"Köpeğin cinsini bile bilmiyorum. Nasıl bulacağım internette?" diye sordum.

"Ben sana söylemedim mi bunu? Arkadaşım bir kâğıda yazmıştı galiba. Dur şimdi bulurum." diyen babam cebinden bir sürü kâğıt çıkarıp her birini inceledi. Sonunda, "Buldum, senin Bolyanak'ın cins adı şarpi, *shar pei* diye yazılıyor."

Böyle bir cins adı hiç duymamıştım. Zaten bizim Lopo'ya benzer başka bir köpek de görmemiştim ya!.. Gece hemen bilgisayarın başına geçtim.

Aman aman, meğer ne kıymetli bir köpeğim varmış da bilemiyormuşum. Bu türün kökeninin Çin olduğunu, daha sonra buradan dünyaya yayıldığını öğrendim. Gerçekten de Çin imparatorlarının saraylarında yetiştirilirmiş.

Yani babam işi abartmıyormuş. Avcılık için kullanılırken daha sonra uysal ev köpekleri olmuşlar. Uysallığı konusunda bir de bana danışmaları gerekliymiş. Ne kadar uysal olduğunu en iyi ben bilirim! Köpeği ülkemizde yetiştiren çok azmış. Lopo'yu Çin'den getirmiş olmasınlar sakın?

Sitede bu köpekleri gösteren bir sürü resim de vardı. Büyüdükçe kırış buruş hâlleri kayboluyormuş galiba. Hep derisini ütüleyip düzeltmek istediğim Lopo'nun kırışıksız hâlini çok merak ediyorum.

Edindiğim bilgiler çok işime yarayacak. O kızla bir daha konuşursam benim köpeğimin de çok asil bir cins olduğunu söyleyebileceğim.

Ertesi gün kızla köpeğine yine rastladım. Bu sefer bisikletim yoktu, çünkü Lopo'yu yürüyüşe çıkarmıştım. Kız yine üzerinde kurdeleler olan çok süslü bir kıyafet giymişti. Köpeğinin başını da yine elbisesinin renginde bir kurdele süslüyordu. Ne Ceren'i ne de Ayşen'i bu kadar süslü hiç görmemiştim. Ceren her zaman ekose ve pileli etekler giyerdi. Ayşen ise annesi kızmasa neredeyse her gün pantolon ve tişört giyecekti.

Kıza ve köpeğine aldırış etmeden yoluma devam etme niyetindeydim. Birden Lopo'nun ipini çekip durduğunu fark ettim. Kanişin peşinden gitmek için savaşıyordu. Kaniş de bir gün önceki kibirli havasından vazgeçmiş, Lopo'ya arkadaşça bakmaya başlamıştı.

"Şu çirkin sokak köpeğini benimkinin yanından uzaklaştır!" diye buyurdu kız.

"Bir kere o sokak köpeği değil, çok asil bir cins. Ataları da krallara eşlik edermiş ne haber!" diye cevap verdim övünerek.

"Güleyim bari, hiç böyle derisi buruşuk, aptal bakışlı asil bir köpek görmemiştim." dedi kız köpeğini uzaklaştırmaya çalışarak.

"Köpeğimin asaleti hakkında bir şey bilememen doğal. İnternete girersen doğru söylediğimi görürsün. Oysa sen süslenmekten buna zaman bulamazsın ki!" dedim öfkeyle.

Biraz ileri gittiğimin farkındaydım ama çok kızmıştım. Oysa annem öfkeme yenilip kırıcı sözler sarf etmememi söylerdi her zaman. Çünkü daha sonra bu söylediğim sözler için çok pişman olurdum ve günlerce etkisi geçmezdi.

Kız birden afalladı ama yine de, "Hıh..." diyerek burun kıvırmayı ihmal etmedi. Köpeğini o kadar hızlı bir şekilde çekmişti ki hayvancağız acıyla inledi. İkisi birlikte uzaklaşırken Lopo hüzünlü gözleriyle kanişin peşinden bakıyordu.

O günden sonra bizim Lopo'ya bir hâller oldu. Neredeyse bir dev iştahıyla yediği yemeklerine bile bakmaz olmuştu. Faş faş içerek beni deli ettiği suyu bile isteksizce şöyle bir yalıyordu. Bolyanak Lopo'muz galiba bu kanişe âşık olmuştu!

Çok geçmeden annem ve babam bu durumun farkına vardılar. Önce kıymetli köpeklerinin acı çektiğini değil, hasta olduğunu sandılar. Beni neredeyse tekrar veteriner kliniğine gönderiyorlardı. Bunun hastalıkla ilgili olmadığını, çünkü ona çok iyi baktığımı söyledim. Hatta bu cinsin gözlerinin çok hassas olduğunu internette okuduğumu, ama onun gözlerinin bile sapasağlam olduğunu anlattım. Annemle babam pek yalan söylemediğimi iyi bilirlerdi.

"Yoksa onu üzüyor musun?" diye sordu babam.

"Bu benimle de ilgili değil, gülmeyin ama galiba bizim Lopo âşık oldu." dedim.

"Ha, öyleyse önemli değil, geçer." dedi babam.

"Âşık olduğu kız kimmiş peki?" dedi annem.

"Doktor Samim amcanın misafiri olan kızın kaniş köpeği. Sahibi de, kaniş de o kadar süslü ki doğrusu Lopo'nun beğenisine şaşırıyorum." dedim.

"A, o kız mı! Ah, zavallı yavrucak. Çok mutsuz bir çocuk o. Bakma sen onun giyim kuşamına, o da sizin gibi olmak isterdi kuşkusuz. Üzerinde çok baskı var ve çok da yalnız. Dün Samim Bey'in eşiyle konuştum. Bugüne kadar o süslü kanişten başka hiç arkadaşı olmamış." dedi annem.

Demek kızın o gösterişli hâlinin altında mutsuzluk gizliymiş. Üstelik de ona bir sürü kötü söz söylemiştim. İnsanları dış görünüşlerine göre yargılamanın sonucu buydu işte! Doğrusu affedilir biri değildim, ama artık olan olmuştu. O kızla aramız asla düzelmezdi. Lopo da âşık olmak için bula bula onun köpeğini bulmuştu. Köpeğin mi var, derdin var!

Artık Lopo'yla aramızda tam bir mücadele başlamıştı. Lopo sürekli doktor amcanın evinin önüne gitmek istiyordu. Bıraksam akşama kadar kapının önünde yatacaktı. Bense kıza karşı büyük bir utanç duyuyor ve o sokaktan bile geçmek istemiyordum.

Sonra hiç beklemediğim bir şey oldu. Bir gün kapımız çalındı. Açtığımda Samim amcanın eşi Lale teyzeyle o küçük kızı, kanişiyle birlikte kapının önünde buldum. Annem de hemen gelmiş ve onları içeri davet etmişti. Kız o gün yine çok şık bir elbise giymişti, ama bu sefer kurdeleleri yoktu.

Onunla aramızda geçenler yüzünden ne yapacağımı bilemiyordum. Bırakıp odama mı gitseydim acaba? Olmaz, bu annemi büyük bir düş kırıklığına uğratırdı. Akşam babama, "Galiba Kaan'ı yetiştirirken bazı şeyleri atladık. Bugün misafirlerin yanında oturmak istemedi, onun yerine ben utandım." diyecekti. Ondan sonra da beni düzeltmek için ne yapacaklarını düşünmeye başlayacaklardı. Çaresiz onlarla birlikte oturdum. Bu arada bizim Lopo'nun keyfi yerine gelmişti. Kanişin yanına gidip oturmuş ve yüzüne bakmaya başlamıştı. Kaniş ise ona göre daha ağırbaşlı duruyor, kendini ağırdan satıyordu.

"Bizim Prenses, Lopo'ya göre oldukça büyük değil mi Pınarcığım. Sanırım bu yüzden ablalık taslıyor." dedi Lale teyze.

"Geçen gün onun yavrularından birini bir büyükelçiye verdik." dedi gururla kız. Sonra da söylediğine pişman, başını önüne eğdi.

"Kaan, arkadaşınla odandaki bilgisayarda oyun oynayabilirsin." dedi annem. Eyvah, hep kavga ettiğim bu kızla şimdi ben ne yapacağım. Gene benimle kavga ederse ona ne söylerim?

Tam bu sırada kapı yine çaldı. Fırlayıp açtım. Ceren'le Ayşen yeni aldığım bilgisayar oyununu merak ettikleri için gelmişlerdi. Doğrusu onları gökte ararken yerde bulmuştum. Hemen kızları içeri çağırdım ve Pınar'la tanıştırdım. Zavallı Pınar hiç arkadaşı yokken birden üç kişiyle birden arkadaş oluvermenin şaşkınlığı içindeydi. Aramızda tek başına kaldığı için kibirli hâlini fazla gösteremez olmuştu. Birlikte odama geçtik. Lopo'nunsa keyfi yerindeydi. Annemlerle beraber, hayran olduğu kanişin yanında oturuyor ve bizimle hiç ilgilenmiyordu.

Pınar bir süre bocaladıktan sonra bizimle arkadaşlığın keyfini çıkarmaya başladı. Doğrusu bu ya, Ceren'le Ayşen'in bu kadar süs meraklısı olduklarını asla bilemezdim. Oyun oynamaktansa yeni tanıştıkları arkadaşla modadan, giyimden söz edip durdular. Şu kızları anlamak da çok zor canım...

On gün sonra, Pınar'la Prenses evlerine dönerken bizim Lopo hiç sorun çıkarmadı. Prenses'in ağırbaşlılığı ve Lopo'yu küçük bir kardeş gibi görmesi de bunda etkiliydi sanırım.

Eski Lopo'nun geri gelmesi ne iyi.